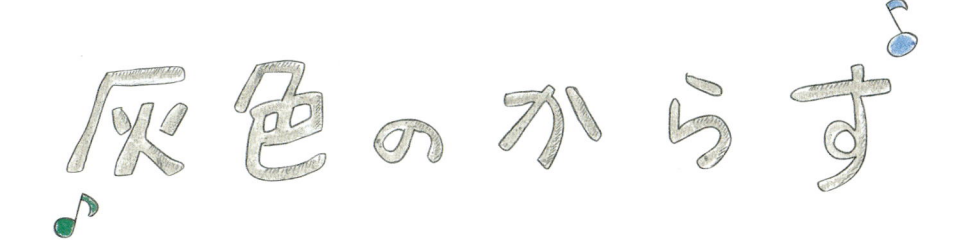

灰色のからす

絵・作　西田エリ

ハトとカラスは　世界中にいて、
自分たちの居場所を　守りながら

おたがいに

いがみあって　生活(せいかつ)していました。

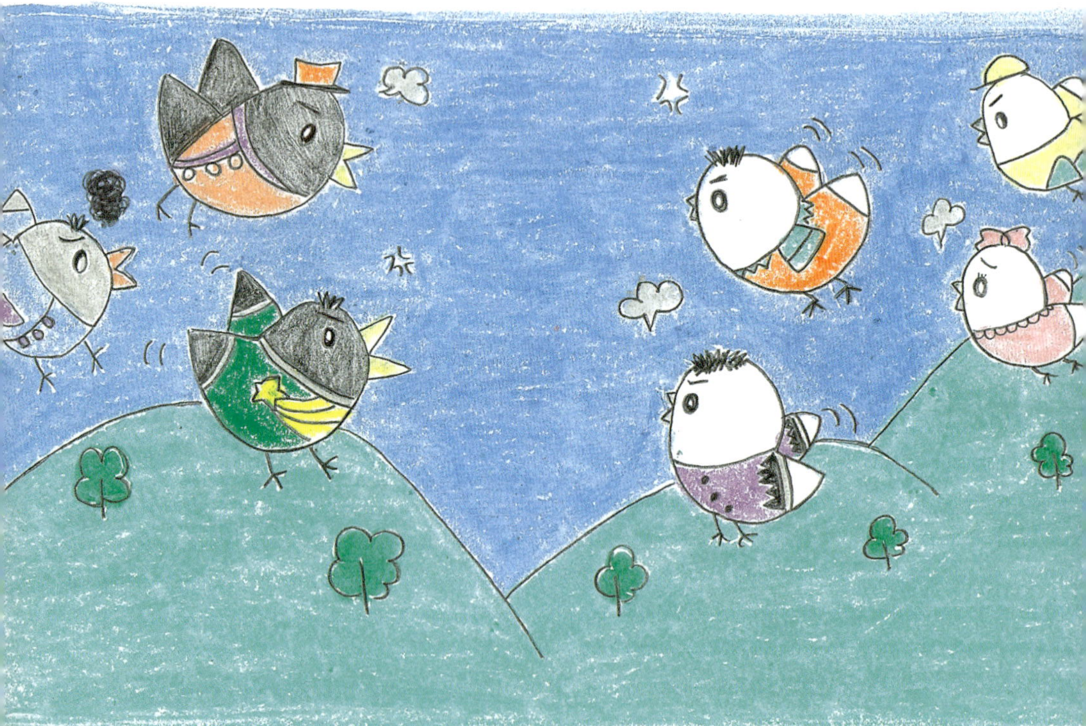

あるとき、カラスの中でも

若くて　正義感と希望に燃えた

灰色のからすが　言いました。

「ぼくたちも　神のつかいとして　たたえられているし、

ハトも平和のシンボル。

お互いに　世の中のお役にたっているのだから、

いがみあうのは　もうやめて、

仲よく平和に暮らせないものかなぁ～」

「世界中のハトと　仲よくなれたら、世の中がもっと明るく

平和で希望にみちたものになるのになぁ

この際、ぼくは平和の使者として、ハトのむれの中に入って

一緒に生活して　ぜったい仲よくなってみせるよ」

「うん、そう決めた」

冒険心の強い　若い灰色のからすは　強く決心しました。

「よーし　今から出発だ！」

ここはハトの村

そして、白いハトのむれの中に
灰色のからすが まぎれこんでいたよ。

ハトのむれの中に 少し大がらで 色のちがった鳥がいるので、
最初は自分たちの 仲間かと思ったのだけれど、

やっぱりどこかちがう。

ハトが となりの ハト子に言った。
「君の 知りあいかい？」
ハト子が
「う～ん。全然知らないわ」
「でも 仲よく話していたじゃない？」
「違うよ、むこうが勝手に あいさつしてきたのよ」

ヒソ ヒソ ヒソ ヒソ…
「みなれない顔だな」

ガヤ ガヤ ガヤ ガヤ…
「どこから来たの？」

あのこ
だ〜れ？

ヒソ
ヒソ
ヒソ

ガヤ
ガヤ

ゴー

まわりのハトに 灰色のからすの うわさが広まり、とうとうハトの村のボスが出てきて 灰色のからすに聞きました。
「あんた 誰なの？」

「はい、ぼくは 選ばれたカラスです」
「ハトとカラスは 同じような環境に住んでいるのに、昔からあまり仲がよくないので…。仲よくなるために ここにやってきたのです」

ハトのボスは
「う〜ん」と うなずき
「でも、お互いに 食べものも 違うし、趣味も違うし、好みも違うし、寝るところも違うし、一緒に生活するのは むずかしいよ」
といいました。

次の日の朝……

あんのじょうというか やっぱりというか。
ハトの教室での 灰色のからすいじめが 始まったのです。

やーい、やーい
グレーのカラスなんて
見たことないぞ!!

おまえの
父さんは
はくちょうか!?

いや、きっとシロクマだぜ!!

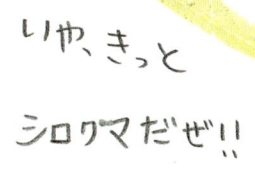

おまえの母さんでーべそ!!

灰色(はいいろ)のからすは　毎日(まいにち)泣(な)いていました。

「くやしいなー　今(いま)にみてろ。みかえしてやるから…」
「ぼくには　大きな目標(もくひょう)があるんだ。こんなことで

くじけてたまるか！」

でも、給食ではいつも豆が……

灰色のからすにとって 食べれない豆を食べる生活は

本当につらかった。

実は 灰色のからすは 小さい頃、毒性の強い豆を食べたために

寝こんでしまったことがあり、体質てきに 受け付けなかったのです。

月ようび

火ようび

水ようび

木ようび

金ようび

初めのうちは 何度も 吐き出してしまいました。

灰色のからすは、はたと考えこんでしまいました。
「ハトの大好きな豆を食べれなかったら、ぜったいに
仲よくなんてムリだよな〜」

「どうしたら　いいんだろう…？」
「もう５日間も　何も食べてないし」
賢明な　灰色のからすは　自分に
豆をすきになるおまじないを　かけてみました。
「豆はきらいじゃない。　豆はおいしい。　豆が大すきだ！」
「豆はきらいじゃない。　豆はおいしい。　豆が大すきだ！」

これを　続けているうちに豆を食べれるような　気がしてきた！

おそるおそる、豆を一粒 口に入れてみた

1かいめ

2かいめ

まだ おいしくないけど、
なんとか食べることができた

3かいめ

そして4かいめ

灰色のからすにとって さけてとおれない道であり、

めげてしまいそうだったけど、努力のかいがあって、

不可能だと思ったことが可能になったのです。

「やった！できた！ これでハトと仲よくなれる 自信がついたぞ!!」
灰色のからすは 大よろこび。

「でもこれだけじゃ　まだハトたちと仲よくなれないよなぁ？」
「ぼくにも できることは 何だろう。ぼくは何が得意なんだろう？」
「ぼくの魅力って 何だろう…、自分をさらけ出してアピールできることは何だろう…？」

天国にいる やさしいお父さん、お母さんに 相談してみました。
「そ、そうだ！歌だ！」
歌を歌うと お父さん、お母さんによくほめてもらったことを思い出しました。
「ハイカラよ、おまえは本当に歌がじょうずだねぇ」
「お父さん、お母さん ありがとう！」
「私たちは 天国から いつもお前を見守っているからね」

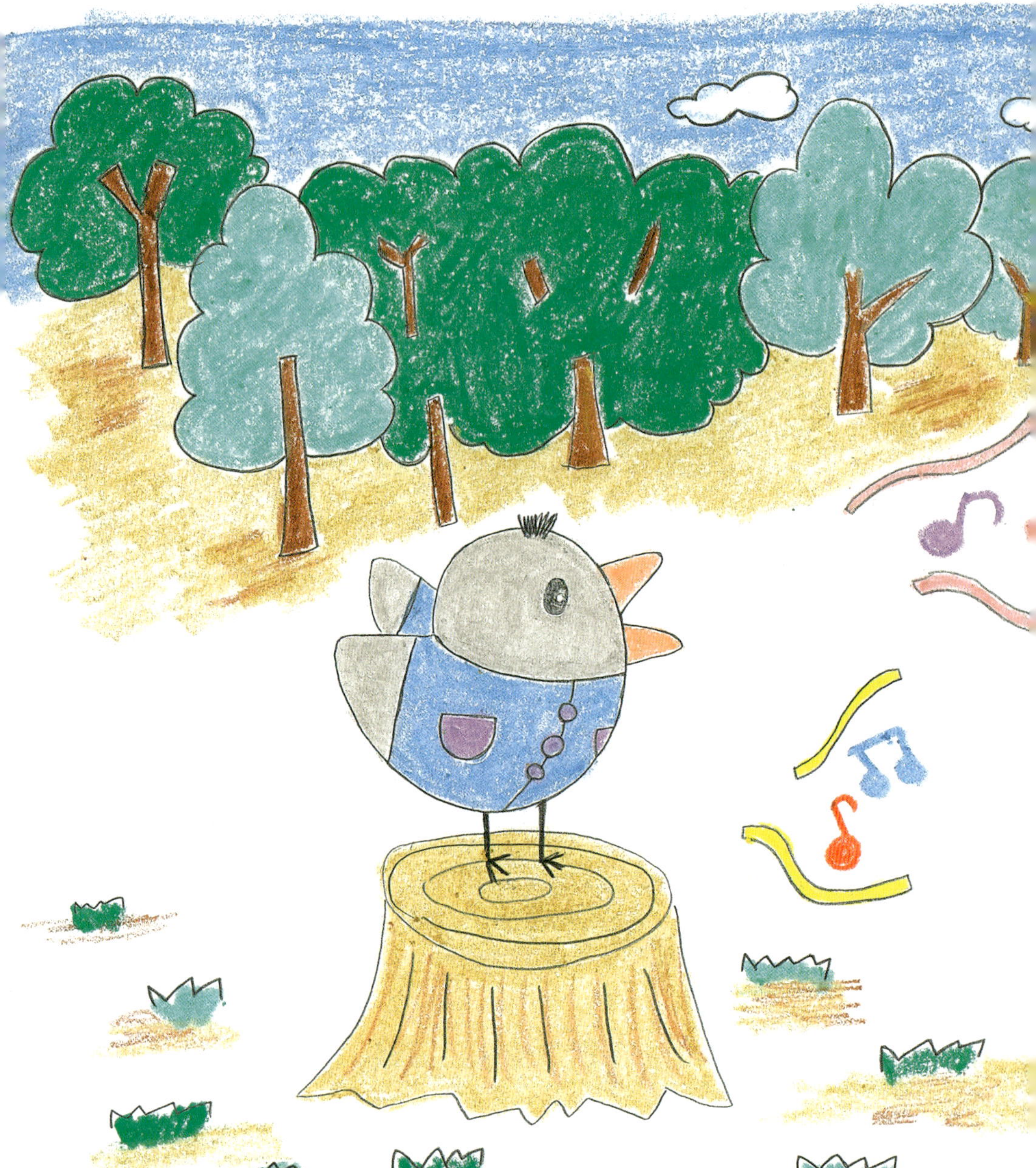

そして
奇跡(きせき)の瞬間(しゅんかん)が
おとずれました。

灰色(はいいろ)のからすが
歌(うた)い出(だ)すと
そのかっこよさに
みんなが
しびれてしまったのです。

ドキ ドキ ドキ ドキ…

ハトはポッポして

ザワ ザワ ザワ ザワ…

泣きだす 娘もいて

「ハイカラくん、ステキ」

ハトのボスが また出てきて

「あんたは えらい！」

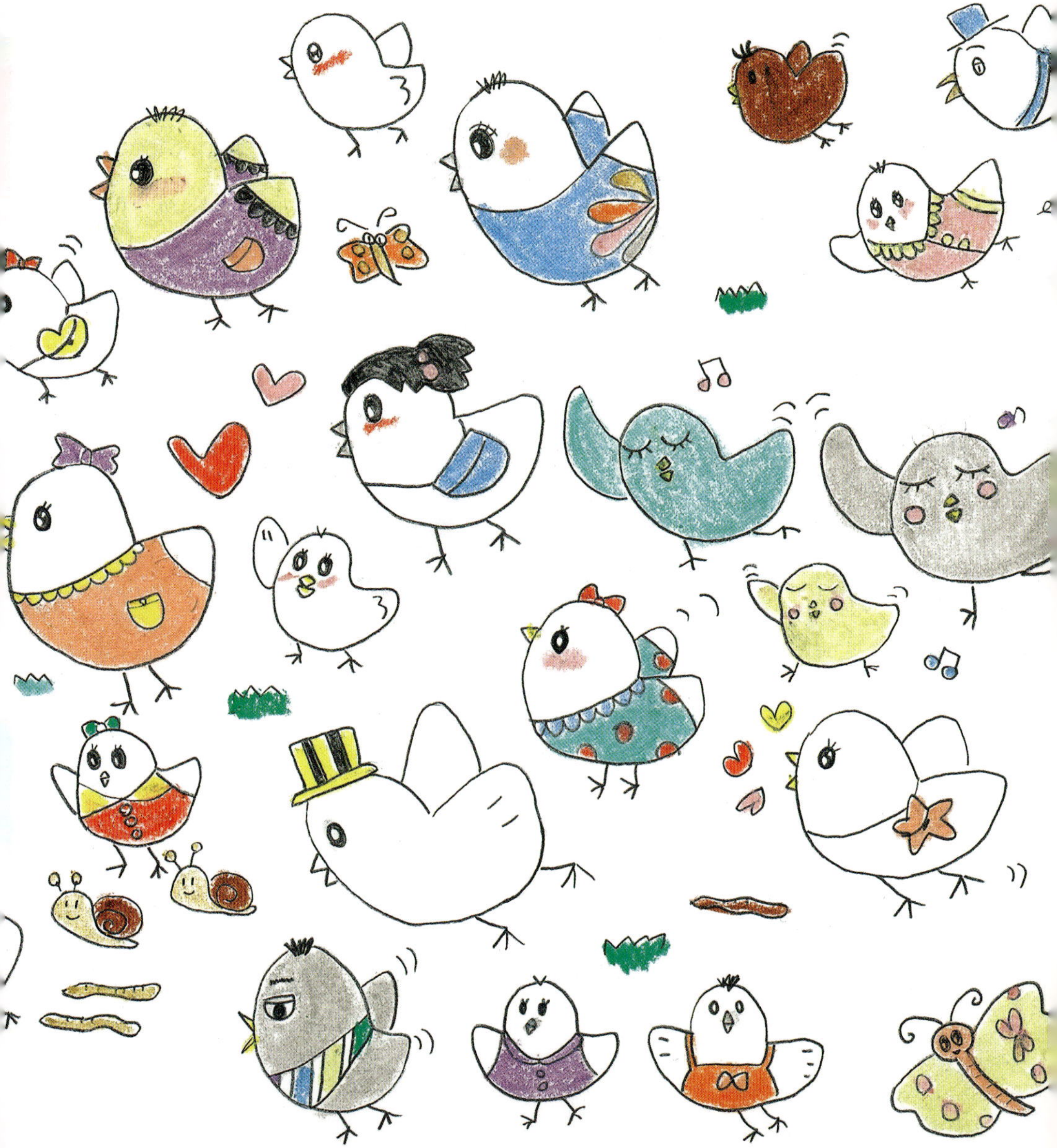

今や 彼は 村いちばんの人気者。

ハトのハートを しっかり つかんでしまったのです。

「ぼくはただ、ハトと仲よくなりたくて 一生けんめい

　歌っただけなんだ」

「でも みんな、とってもよろこんでくれた。うれしかったなー」

「よし、もっとうまくなって、もっともっと よろこんでもらおう！」

彼は　つぶやく

「歌がなかったら おいらは ただの ボンクラさ」

灰色のからすは 最高さ

灰色のからすは 最高さ

今では ハトの村のみんなが そう言うようになりました。

みんな仲[なか]よし

ぼくは とっても 幸[しあ]せだよ。
みんな ありがとう…。

その後、世界中に 灰色のからすの うわさが広まり

とうとう 灰色のからすは 世界中の大スターに！

灰色のからすの元祖は イギリスのロックのスーパーヒーローなのさ！

ワーワーワーワー

顔を見せるたび

キャー キャー キャー キャー

抱きついたりして

ハトのボスが 横目で

「あんたにゃ 負けた」

あまりの人気ぶりに　灰色のからすは

すっかり有頂天になってしまいました。

まるで　世界を制覇したかのようでした。

いや、世界中のヒーローになったのは　まちがいありません。

彼にすれば　歌うことだけが　たよりで　武器でもあった♪

灰色のからすは　最高さ

灰色のからすは　最高さ

灰色のからすは　最高さ
灰色のからすは　最高さ

灰色のカラス「a gray crow」

作詞 西田エリ
作曲 ハヤマカズト
編曲 ちぃ太

白いハトの群れの中に
灰色のカラスが紛れ込んでいたよ

ヒソヒソヒソヒソ…「見なれない顔だな」
ガヤガヤガヤガヤ…「どこから来たの？」

ハトのボスが出てきて
「あんた誰なの？」

「ハイ　私は選ばれたカラスです。白と黒の統一のためにやってきました」

彼にとって豆を食べる暮らしは
とても厳しかった

灰色のカラスが歌うと
そのカッコよさに　みんなしびれてしまった

ドキドキドキドキ…　ハトはポッポして
ザワザワザワザワ…　泣き出す娘もいて

ハトのボスがまた出て
「あんたはえらい」

今や彼は村一番の人気者
ハトのハートをしっかりつかんでしまったのです

彼はつぶやく「歌がなかったら　オイラはただの　ボンクラさ」

灰色のカラスは最高さ　灰色のカラスは最高さ　灰色のカラスは最高さ　灰色のカラスは最高さ

Ah 灰色のカラスの元祖は
イギリスのロックのスーパーヒーローなのさ

ワーワーワーワー…　顔を見せるたび
キャーキャーキャーキャー…　抱きついたりして

ハトのボスが横目で
「あんたにゃ負けた」

すっかり彼は有頂天になっていて
まるで世界を制覇したかのようでした

彼にすれば歌うことだけが
たよりで武器でもあった

灰色のカラスは最高さ　灰色のカラスは最高さ　灰色のカラスは最高さ　灰色のカラスは最高さ
灰色のカラスは最高さ　灰色のカラスは最高さ　灰色のカラスは最高さ　灰色のカラスは最高さ
灰色のカラスは最高さ　灰色のカラスは最高さ

u￣u￣u￣u￣　u￣u￣u￣

西田 エリ

（にしだ えり、1月4日 生まれ）

　シンガーソングライター、愛知県出身。
小さい頃から歌うことが大好きで、音楽に満ちあふれた日常で育つ。中学生の頃からその恵まれた歌唱力を活かすべく歌手を目指し数々のオーディションに挑戦。高校卒業後上京し、念願のプロダクションに入ると、本格的な歌の磨きにレッスンの毎日に明け暮れる。同時にタレント活動も充実し、CM、TV、映画等に幅広く出演、期待の新人として活躍。2005年、自身のデモテープをテレビ東京に売り込み、番組曲のタイアップに抜擢される。その後B-Gram（ZAIN RECORDS）からメジャーデビュー。ライブではピアノ、ギターの弾き語りを披露し、その多彩ぶりをいかんなく発揮。生まれながらの感性と音感の良さを持ち、今までステージで歌ったレパートリーは悠に1000曲を超す。フォーク、J-POP、ロック、R&B、洋楽と幅広いジャンルをこなす癒しの歌姫の誕生は、幅広いファンから支持される。

　2010年9月には1stアルバム「Eri's Collection」をリリース。この絵本の元になった楽曲「灰色のカラス」はテレビ東京の子供向け人気バラエティ番組『ピラメキーノ』のエンディングテーマとして起用される。他にもFMラジオ、有線、インターネットなど多方面で話題を呼んでおり、西田エリの新しい可能性を見出した曲となる。

西田エリ　公式サイト　http://nishidaeri.net
西田エリ　ブログ　blog.livedoor.jp/nishidaeri/

CD

Single

BLUE 2
2005.09.14
ZAIN RECORDS
1. BLUE²
2. Rain ～もう一度会いたい～
3. Your Dream

桜蕾～サクラ～／君がいるから
2008.03.05
blue music entertainment
ポニーキャニオン
1. 桜蕾～サクラ～
2. 君がいるから
3. ハチミツ

Season memory/FIRST LOVE ～黄昏～
2006.04.26
徳間ジャパン
1. Season memory
2. FIRST LOVE ～黄昏～

夢色 / 永遠～天国の愛～
2009.06.03
blue music entertainment
ポニーキャニオン
1. 夢色
2. 永遠～天国の愛～

Album

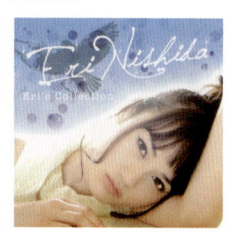

Eri's Collection
2010.09.01
blue music entertainment
ポニーキャニオン

1. BLUE2
2. 君がいるから
3. 桜蕾～サクラ～
4. Fancy drive
5. Season memory
6. こんな時には
7. Morning Start
8. 永遠～天国の愛～
9. ハチミツ
10. 夢色
11. 恋人はUFO
12. 灰色のカラス「a gray crow」

※ 1・2・5・9・10 はシングルとは別アレンジになっています。

略歴

2005 年	09 月 14 日	メジャーデビュー・シングル「BLUE 2」をリリース
2006 年	04 月 26 日	2nd シングル「Season memory／FIRST LOVE ～黄昏～」をリリース
	05 月 07 日	ラジオ日本でラジオ番組「西田エリの Season memory」放送開始
2007 年	03 月 28 日	初の DVD「西田エリ in 竹富島」をリリース
	07 月 07 日	写真集「凪風」を発売。TBS テレビ『ランク王国』で 7 位に選ばれる
2008 年	03 月 01 日	ラジオ日本でラジオ番組「西田エリの君がいるから」(毎土 5:00 ～) 放送開始
	03 月 05 日	3rd シングル「桜蕾～サクラ～／君がいるから」をリリース
2009 年	06 月 03 日	4th シングル「夢色 / 永遠～天国の愛～」をリリース
	12 月 25 日	イメージ DVD「恋の島～ Love Island」をリリース
2010 年	02 月 25 日	イメージ DVD「恋の詩～ Love poem」をリリース
	05 月 26 日	イメージ DVD「White Wing」をリリース
	07 月 05 日	FM うらやすでラジオ番組「西田エリの Fancy drive」放送開始
	08 月 07 日	Radio Magic NEXT でラジオ番組「西田エリの灰色のカラス」放送開始
	09 月 01 日	1st アルバム「Eri's Collection」をリリース
2011 年	05 月 07 日	まほろばステーションでラジオ番組「西田エリの灰色のカラスは最高さ」放送開始

タイアップ

BLUE 2
テレビ東京「サバドル」エンディングテーマ
テレビ金沢「じゃんけんぽん」2005 年 9 月度エンディングテーマ

FIRST LOVE ～黄昏～
BS ジャパン「GAME JOCKEY2」エンディングテーマ

Season memory
毎日放送「MMTV」エンディングテーマ
Music Japan TV「ミュージックアイドルバトル」エンディングテーマ
TVK「キッズナビゲーション」エンディングテーマ

桜蕾～サクラ～
テレビ東京「アリケン」2008 年 4 月～ 6 月度エンディングテーマ
S269ch MUSIC JAPAN TV「ミュージックアイドルバトル」2008 年 6 月度テーマソング

君がいるから
BS ジャパン「石田 ism」エンディングテーマ
ラジオ日本「甲子園をめざして」2008 年 5 月～ 7 月度エンディングテーマ
ラジオ日本「西田エリの君がいるから」テーマソング

夢 色
ラジオ日本「甲子園をめざして」2009 年 5 月～ 7 月度エンディングテーマ
ラジオ日本「夢色日記」テーマソング

永遠～天国の愛～
TBS テレビ「エンプラ」エンディングテーマ

Fancy drive
FM うらやす「西田エリの Fancy drive」テーマソング

灰色のカラス
テレビ東京「ピラメキーノ」エンディングテーマ
Tokyo FM・BRAND-NEW SONG

灰色のからす

2012年3月29日初版第1刷発行

絵 ・ 作　　西田エリ

デザイン　　ART HOUSE GON
編 集 人　　矢尾暢康
発 行 人　　長嶋正博
発 行 所　　株式会社オークラ出版
　　　　　　〒153-0051 東京都目黒区上目黒 1-18-6 NMビル
　　　　　　TEL.03-3792-2411（営業）
　　　　　　TEL.045-532-6962（編集）
　　　　　　オークラ出版 URL: www.oakla.com

印刷・製本　　図書印刷株式会社
© オークラ出版　Printed in Japan
ISBN978-4-7755-1826-7 C0076
※本誌の絵・文・写真の無断転載禁じます